Le Rêve d'un homme ridicule

Fédor Mikhaïlovitch Dostoïevski

Traduit du russe par J.-W. Bienstock et John-Antoine Nau.

ISBN : 9789982470995

LE RÊVE D'UN DRÔLE D'HOMME (RÉCIT FANTASTIQUE)

I

Je suis un drôle d'homme. Maintenant, on me traite de fou. Ce serait pour moi une sorte d'avancement en grade, si je ne continuais à passer pour aussi drôle qu'auparavant.

Il faut dire qu'aujourd'hui je ne me fâche plus des plaisanteries. Je suis plutôt amusé quand on rit de moi. Je rirais même franchement, comme les autres, si je ne voyais avec tristesse que les moqueurs ne connaissent pas la Vérité, que je connais, moi. Et il est bien pénible d'être seul à connaître la Vérité. Mais ils ne comprendront pas ; non ! ils ne comprendront pas !

Naguère, je souffrais beaucoup de sembler drôle à tout le monde. Je ne faisais pas que « sembler drôle, je l'étais. J'avais été drôle depuis ma naissance et, dès l'âge de 7 ans, je savais que j'étais drôle. Plus j'ai appris à l'école, plus j'ai étudié à l'Université, plus j'ai été convaincu que j'étais drôle. Si bien que toutes les sciences que j'ai apprises n'avaient pour but, et n'ont eu pour résultat, que de me conforter dans cette idée que j'étais drôle.

Il en était de même dans la vie courante que dans mes études. Chaque année, j'étais plus conscient de ma drôlerie, de ma bizarrerie à tous les points de vue. Tout le monde se moquait de moi, mais personne ne se doutait qu'il y avait un homme qui savait, mieux que n'importe qui, que j'étais drôle, et que cet homme c'était moi. Ce fut par ma faute, du reste, qu'on ne le sut pas. J'étais trop fier pour faire mes confidences à personne. Cette fierté s'accrut avec l'âge, et, s'il me fut arrivé par distraction de confesser devant qui que ce fût que je me trouvais drôle, je me serais cassé la tête d'un coup de revolver. Oh ! comme je souffrais dans mon adolescence, à l'idée qu'un jour, peut-être, j'en viendrais à avouer ce que je pensais là. Mais, quand je fus un jeune homme, bien que, chaque année, je sentisse grandir ma bizarrerie, je devins plus calme, sans savoir au juste pourquoi. Peut-être parce que me vint une douleur plus grande à penser que tout au monde m'était indifférent. Il y avait longtemps que je m'en doutais, mais tout à coup, l'année dernière, je le sus à ne m'y tromper. Je sentis qu'il m'était bien égal que le monde existât ou qu'il n'y eût rien nulle part. Alors, subitement, je cessai de me fâcher contre les rieurs ; je ne fis plus attention à eux. Mon indifférence éclatait dans les plus petites choses. Il m'arrivait, par exemple, de me promener dans la rue en bousculant les gens sans m'en apercevoir. Je ne veux pas dire que ce fût par distraction ; j'avais cessé de penser à quoi que ce fût. Tout, tout me devint indifférent.

C'est alors que je conçus la Vérité. Je conçus la Vérité au mois de novembre passé, le 3 novembre, pour être plus exact. Depuis cette date, je me rappelle chaque minute de ma vie… Ce fut par une soirée sombre, sombre comme on n'en voit pour ainsi dire jamais. Je rentrais chez moi et songeais justement qu'il était impossible de voir une soirée aussi fuligineuse. Il avait plu toute la journée ; ç'avait été une pluie froide, on l'eût dit noire et hostile à l'humanité. Puis, la pluie cessa ; il n'y eut plus qu'une terrible humidité dans l'air. Il me semblait que de chaque pierre de la rue, de chaque pouce carré de la chaussée, une vapeur froide montait. J'eus l'impression que si le gaz venait à s'éteindre brusquement j'en serais heureux, car la lumière du gaz rendait l'humidité et la tristesse de l'air plus évidentes.

Ce jour-là, je n'avais presque pas dîné, et depuis le commencement de la soirée j'étais resté chez un ingénieur, qui avait aussi la visite de deux de mes camarades. J'étais demeuré muet et je crois que mon silence même les ennuyait. Ils parlaient sur un sujet intéressant, en étaient venus à s'échauffer en apparence, mais j'avais vu que cela leur était, en réalité, indifférent. Ils s'échauffaient pour la forme. Je leur avais dit tout à coup : « Messieurs, je vois que ce dont vous parlez vous laisse absolument froids. » Ils ne s'étaient pas le moins du monde vexés de ma remarque ; mais, comprenant que ce que je disais et ce qu'ils pensaient m'était profondément indifférent, ils s'étaient mis à rire de moi.

Dans la rue, au moment où je pensais au gaz je regardai le ciel. Il était affreusement noir, et cependant on distinguait faiblement des nuages, entre lesquels des espaces plus noirs ressemblaient à des abîmes.

Soudain, au fond de l'un de ces abîmes, une étoile brilla. Je me mis à la considérer attentivement, parce qu'elle me donnait une idée, celle de me tuer cette nuit-là. Déjà, deux mois auparavant, j'avais résolu d'en finir avec l'existence et, malgré ma pauvreté, je m'étais rendu acquéreur d'un beau revolver, que j'avais chargé immédiatement. Mais deux mois avaient passé et le revolver restait dans sa gaine, car je voulais choisir, pour me tuer, un moment où tout me serait un peu moins indifférent. Pourquoi ? Mystère… Mais l'étoile m'inspira le désir de mourir le soir même. Pourquoi ? Autre mystère.

Comme je regardais obstinément le ciel, une fillette d'environ huit ans me prit par la manche. La rue était déserte ; un cocher dormait sur son siège, très loin de nous. La fillette avait un mouchoir sur la tête, sa robe était misérable et toute mouillée, mais je ne fis vraiment attention qu'à ses souliers déchirés et trempés. Tout à coup, la petite cria comme terrifiée : Maman ! Maman ! Je la regardai, mais sans lui dire un mot. Je marchai plus vite, mais elle continuait à me tirailler par la manche tout en criant d'une voix désespérée. Je connais ce genre de cris-là ! Puis en quelques mots entrecoupés, elle me dit que sa mère était mourante, qu'elle était sortie au hasard pour appeler quelqu'un, n'importe qui, pour trouver quelque chose qui pût soulager sa maman. Je ne la suivis pas. Au contraire, je voulus la chasser. En y repensant, je me contentai de lui dire d'aller chercher un gardien. Mais elle joignit ses petites mains et courut à mon côté tout en pleurant, sans se laisser devancer. Alors je m'impatientai. Je frappai du pied et la menaçai. Elle cria encore : « Monsieur ! Monsieur ! » Mais elle me quitta, traversa rapidement la rue et s'attacha aux pas d'un autre passant qui survenait.

Je montai à mon cinquième étage. Je loue une chambre garnie, pauvrement meublée, qui a pour fenêtre une lucarne. J'ai un canapé couvert de toile cirée, une table pour mes livres, deux chaises et un vieux fauteuil. J'allumai une bougie, m'assis et me mis à penser… Dans la chambre voisine, séparée de la mienne par une simple cloison, on faisait la fête depuis trois jours. Un capitaine de réserve demeurait là, qui avait réuni dans son taudis une demi-douzaine de chenapans qui buvaient de l'eau-de-vie avec lui, en jouant aux cartes. La nuit d'avant, il y avait eu une bataille ; la patronne avait voulu se plaindre, mais elle avait une peur épouvantable du capitaine. Comme autres locataires, à notre cinquième, nous avions petite dame maigre, veuve d'un militaire et mère de trois petits enfants tous malades ; le plus jeune de ces enfants avait eu si peur en entendant la rixe qu'il en avait pris une sorte d'attaque de nerfs. Moi j'avais laisse crier derrière la cloison. Cela m'était bien égal.

En rentrant, ce soir-là, je pris mon revolver dans le tiroir de la table et le posai à côté de moi. Quand je l'eus atteint, je me demandai : « Est-ce bien vrai ? » et je me répondis :

« C'est bien vrai !... » (Bien vrai que j'allais me brûler la cervelle.)

J'étais décidé à me tuer cette nuit-là, mais combien de temps mettrais-je à réfléchir à mon projet ? Je n'en savais rien... Et probablement que sans la rencontre de la fillette je me serais brûlé la cervelle...

II

Quoique tout me fût indifférent, je craignais la douleur physique... Et puis je ressentais de la pitié pour cette petite fille rencontrée dans la rue, tout à l'heure, et que j'aurais dû aider. Pourquoi n'étais-je pas venu à son secours ? Ah ! parce que je voulais que tout me fût indifférent et que j'avais honte de ma pitié pour l'enfant. De la pitié, maintenant que je voulais me tuer !

Pourquoi diable la douleur de la petite fille ne m'avait-elle pas été indifférente ?... C'était stupide ! Voilà que j'en souffrais à présent !... Voyons ! si je me tuais dans deux heures, que m'importait que cette petite fille fût malheureuse ou non ? Je n'aurais plus de pensée bientôt, je ne serais plus rien du tout. C'était pour cela que je m'étais lâchement fâché contre la petite. Je pouvais commettre des lâchetés, puisque, deux heures plus tard, tout devait s'éteindre pour moi. Il me semblait que le monde dépendait de moi, qu'il était pour moi seul. Je n'avais qu'à me brûler la cervelle et le monde ne serait plus. Peut-être vraiment, qu'après moi, il n'y aurait plus rien, que le monde disparaîtrait au moment où disparaîtrait ma conscience. Qui savait si l'univers et les multitudes n'étaient pas en moi seul ?

Puis il me vint une étrange idée : Si, dans une existence antérieure, passée sur la Lune ou sur la planète Mars, j'avais commis quelque action malhonnête et honteuse, si j'avais conservé sur terre la conscience d'avoir été là-bas flétri, déshonoré, ma honte me serait-elle indifférente quand, de la Terre, je regarderais, Mars ou la Lune ?

… Et, au fait, cette question était oiseuse, nigaude. Le revolver était là devant moi ; je voulais me tuer, mais la maudite question me travaillait, et j'étais furieux. Si après cela je ne voulais plus mourir sans avoir trouvé une réponse à mon absurde interrogation ?…
Enfin, ce fut la fillette qui me sauva ; ce fut elle qui m'empêcha d'appuyer sur la gâchette du revolver.

… Pendant que je m'apaisais, le vacarme se calmait chez le capitaine. Les invectives grossières ne furent bientôt plus qu'un murmure. Les adversaires durent se coucher, s'assoupir…

C'est alors que je m'endormis dans mon fauteuil, ce qui ne m'arrivait jamais. Je dormis et je rêvai. Drôle de monde, n'est-ce pas, que celui des songes ? Quelquefois des tableaux se présentent à vous avec une minutie de détails incroyable… Il arrive au cours des rêves des choses mystérieusement incompréhensibles…

Mon frère est mort depuis cinq ans, et bien des fois, pendant mon sommeil, tout en me rappelant parfaitement qu'il est mort, je ne m'étonne pas du tout de le voir auprès de moi, de l'entendre parler de ce qui m'intéresse, d'être on ne peut plus certain de sa présence, sans oublier une minute qu'il est sous terre. Comment mon esprit s'accommode-t-il de ces deux notions contradictoires ?
Mais laissons cela. Je reviens à mon rêve de cette nuit-là. Je suis fâché que ce n'ait été qu'un rêve. En tout cas c'est un rêve qui m'a fait connaître la Vérité. Quand on a vu une fois la Vérité, on sait que c'est la Vérité ! Il n'y en a pas deux et elle ne change pas selon que vous veillez ou dormez. Je voulais quitter la vie par le suicide ? Eh bien mon rêve m'a prédit, m'a montré une nouvelle vie, belle et puissante, une vie de régénéré. Écoutez plutôt.

III

Je vous ai dit que je m'étais endormi à force de raisonnements sur ce qui me préoccupait.

Tout à coup je me vis en songe, saisissant le revolver et me l'appliquant, non sur la tempe, mais sur le cœur. J'avais pourtant bien résolu de me brûler la cervelle en posant la gueule du pistolet sur ma tempe droite. Je demeurai un instant immobile, le bout du canon de l'arme appuyé sur ma poitrine ; la bougie, la table et le mur se mirent à danser. Je tirai.

Dans les songes il vous arrive de tomber d'une hauteur, de vous voir égorgé ou tout au moins maltraité sans éprouver la mordre douleur physique, à moins qu'en faisant un mouvement vous ne vous blessiez réellement dans votre lit, ce qui est rare. Il n'en fut pas autrement dans ce rêve. Je ne souffris pas ; toutefois il me sembla que tout tremblait en moi. Les ténèbres se firent. Je me trouvai couché, la face tournée vers le plafond de ma chambre. Je ne pouvais faire un seul mouvement, mais autour de moi on s'agitait. Le capitaine parlait de sa voix de basse-taille, la patronne du logement poussait des cris aigus… et voilà que, sans autre transition, on me mit dans un cercueil que l'on referma. Je sentis que le cercueil était porté ; je fis quelques réflexions vagues à ce sujet, et tout à coup, pour la première fois, me frappa l'idée que j'étais mort, que je ne pouvais en douter, que je ne pouvais ni voir, ni bouger, ni parler, mais que je continuais à sentir et à raisonner. Je m'habituai très promptement à cette idée, comme il arrive toujours dans les songes où l'on accepte tout sans s'étonner.

Sans aucune cérémonie, on me mit en terre. Déjà tout le monde était parti. J'étais là, dans ma tombe, abandonné, oublié. Auparavant, quand je pensais à mon enterrement, bien loin dans le futur, je m'imaginais toujours éprouver une sensation de froid et d'humidité, une fois enfermé dans mon caveau. Ce fut bien ce que je ressentis alors ; mes pieds surtout étaient glacés.

Je n'attendais plus rien, admettant facilement qu'un mort n'a plus rien à attendre. Il se passa alors des heures, des jours, ou des mois…

… Mais, subitement, tomba sur mon œil gauche fermé une goutte d'eau qui avait traversé le couvercle du cercueil puis une seconde, puis une troisième…

En même temps s'éveillait en moi une douleur physiques : « C'est ma blessure, pensais-je, c'est le coup de revolver ; la balle est là !… »

Et la goutte d'eau tombait toujours, peut-être de minute en minute, et toujours sur mon œil. Je me mis, comment dirais-je ? à prier, à implorer, à défier, non par des paroles, mais par un élan intérieur de tout mon être, Celui qui permettait, qui avait ordonné tout ce qui venait de se passer.

— Qui que tu sois, si tu existes, s'il existe un principe conscient et raisonnable, aie pitié de moi. Mais si tu te venges de ce que je t'ai offensé en me donnant la mort par le suicide, je te préviens que nul des supplices que tu pourras m'infliger ne vaincra le mépris que je ressentirai immuablement pendant des milliers et des milliers d'années de tortures.

Et je me tus… mentalement. Une minute, au moins, se passa encore ; même il me tomba sur l'œil une nouvelle goutte d'eau, mais je savais déjà, à ne pouvoir me tromper, que tout allait changer presque instantanément.

Et ma tombe s'ouvrit. Un être inconnu s'empara de moi et nous nous trouvâmes tous deux dans l'espace. Brusquement je pus voir, mais bien peu, car la nuit était plus profonde, plus ténébreuse qu'aucune des nuits de ma vie. Nous étions lancés en plein ciel, déjà loin de la terre. Je ne demandais rien à celui qui m'emportait ; j'étais fier de la pensée que je n'avais pas peur. J'ignore combien de temps nous planâmes ainsi dans le vide. Tout continuait à se passer comme dans les songes où le temps et l'espace ne comptent pas. Tout à coup, au milieu de l'obscurité, je vis briller une étoile : « Est-ce Sirius ? » m'écriai je oublieux de ma résolution de ne rien demander.

— « Non, c'est l'étoile que tu as vue en rentrant chez toi », me répondit l'Être qui m'emportait. Je pouvais me rendre compte qu'il avait une sorte de visage humain. Chose bizarre, j'avais cet Être en aversion. Je m'attendais au non-être en me tirant une balle dans le cœur, et je me voyais entre les mains d'un être qui, sans doute, n'était pas humain, mais qui existait.

— « Alors il y a une vie au delà de la tombe ! » pensai-je. « Il me faudra être de nouveau ; subir la volonté de quelqu'un dont je ne pourrai me débarrasser ! » Je m'adressai à l'Être :

— « Tu sais que j'ai peur de toi, et tu me méprises à cause de cela. Sans qu'il me répondit je sentis qu'il n'avait pour moi aucun mépris, qu'il ne riait pas de moi, ne me plaignait pas non plus. Il me conduisait tout simplement à un but inconnu et mystérieux. La peur me gagnait de plus en plus. Pourtant une sorte de communication muette, mais compréhensible, s'établissait entre mon silencieux compagnon et moi.

Depuis longtemps j'avais cessé de voir les constellations auxquelles mes yeux étaient habitués. Je savais qu'il y avait des étoiles dont la lumière mettait des siècles à atteindre la terre. Peut-être traversions-nous les espaces où se meuvent ces astres inconnus. J'étais dans l'angoisse d'une attente indéterminée. — Subitement un sentiment familier et combien agréable entra en moi : c'était la joie de revoir notre soleil ! Pourtant je compris vite que ce ne pouvait être notre soleil, celui qui a donné naissance à notre Terre. Nous étions à des distances incommensurables de notre système planétaire, mais je fus heureux de voir à quel point ce soleil ressemblait à notre soleil. La lumière vitale, celle qui m'avait donné l'existence, me ressuscita. Je sentis en moi une vie aussi forte que celle qui m'avait animé avant la tombe : « Mais c'est un soleil pareil au nôtre ! Il doit y avoir une terre : Où est-elle ? »
Mon compagnon me désigna une petite étoile qui brillait au loin d'une lueur d'émeraude. Nous volions droit vers elle.

— « De pareilles répétitions existent donc dans l'Univers ! clamai-je : « Cette terre est-elle donc toute pareille la nôtre, misérable, mais aimée des plus ingrats de ses enfants, comme nous aimions notre astre, à nous ? » — Et l'amour de la Terre à jamais abandonnée repassa en moi, violent et douloureux et je revis l'image de la fillette envers laquelle j'avais si mal agi..

— « Tu reverras tout » répondit mon compagnon, dont la voix sonna triste, dans l'espace.

Nous approchions très vite de la planète. Elle croissait à vue d'œil. Je reconnus à sa surface l'Océan, la forme de l'Europe, d'une nouvelle Europe, et un sentiment qui ressemble à de la jalousie s'éveilla en moi.

« Pourquoi cette nouvelle édition de notre monde ? Je ne puis aimer que ma Terre, celle où demeurent les traces de mon sang, celle que j'ai été assez ingrat pour quitter en me brûlant la cervelle. Ah ! jamais je n'ai cessé de l'aimer, celle-là, même la nuit de la séparation, peut-être même, cette nuit-là, l'ai-je aimée plus douloureusement que jamais. — Y a t-il de la souffrance sur cette copie de notre monde ? Sur notre Terre, il n'y a d'êtres aimants que pour la souffrance et par la souffrance. Ô combien j'aspirerais à baiser le sol du cher astre abandonné, à l'embrasser en pleurant ! Je ne veux d'aucune existence sur un autre astre ! »

Mais mon compagnon m'avait déjà laissé seul et, tout à coup, — sans savoir comment, je me trouvai sur cette nouvelle terre, baigné de la lumière d'une journée paradisiaque. J'avais pris pied, me semble-t-il bien, sur l'une des îles de l'archipel grec ou sur une côte voisine. Oh ! que tout était bien terrestre, mais comme tout brillait d'une lumière de fête ! Une mer caressante, d'une couleur smaragdine, frôlait la plage, qu'elle semblait baiser avec un amour presque conscient. De grands arbres innombrables, fleuris et parés de belles feuilles brillantes, me félicitaient, j'en suis sûr, de mon arrivée, tant leur frisselis faisait une tendre musique. L'herbe était diaprée de fleurs embaumées. Dans l'air, des oiseaux volaient par troupes, et beaucoup d'entre eux, sans montrer la moindre frayeur, venaient se poser sur mes mains, sur mes épaules en battant gentiment des ailes. Bientôt les hommes de cette terre heureuse vinrent à moi, ils m'entourèrent joyeusement et m'embrassèrent. Comme ces enfants d'un autre soleil étaient beaux ! Sur mon ancienne terre, pareille beauté était introuvable. C'est à peine si chez nos plus petits enfants on pourrait découvrir un faible reflet de cette beauté. Les yeux de ces êtres heureux brillaient d'un doux éclat. Leurs visages exprimaient la sagesse et une conscience sereine, une gaîté charmante. Leurs voix étaient pures et joyeuses comme des voix d'enfants. Dès le premier regard, je compris tout. J'étais sur une terre qui n'avait pas encore été profanée par le péché. L'humanité vivait comme la légende veut qu'aient vécu nos premiers ancêtres, dans un paradis terrestre. Et ces hommes étaient si bons que, lorsqu'ils m'emmenèrent vers leurs demeures, ils s'efforçaient, par tous les moyens, de chasser de mon être le plus léger soupçon de tristesse. Ils ne m'interrogeaient pas, mais ils semblaient savoir tout ce qui me concernait, et leur plus grand souci était de me voir redevenir vraiment heureux.

IV

Bien que je n'aie ressenti ces choses que dans un songe, le souvenir de l'affectueuse sollicitude de ces hommes innocents est resté en moi pour toujours. Je sens que leur affection me suit encore de là-bas.

Pourtant je ne les comprenais pas en tout. Je ne suis qu'un progressiste russe, un prosaïque pétersbourgeois, et il me paraissait invraisemblable que, sachant tout ce qu'ils savaient, ils ne fussent aucunement préoccupés de nos sciences. — Je dus admettre bientôt que l'essence leur savoir était différente de celle de notre instruction et que leurs aspirations étaient tout autres que les miennes, par exemple. Leurs désirs étaient calmes ; ils ne souhaitaient pas, comme nous, connaître le sens de la vie, parce que leur existence était plus remplie que la nôtre. Leur savoir était, en réalité, plus haut et plus profond que celui dont nous nous targuons. Ils connaissaient tout sans science et sans fureur d'apprendre des formules. Je compris comment ils concevaient les choses ; mais ne pus arriver à les concevoir comme eux. Ils me montraient leurs beaux arbres, et je me sentais incapable de l'amour qu'ils manifestaient pour eux. Je crois même qu'ils allaient jusqu'à parler avec les végétaux. Oui, ils connaissaient la langue de ce que nous appelons la nature inanimée et parvenaient à communiquer avec elle. Bien entendu, ils avaient des rapports affectueux avec les animaux, qui ne songeaient même pas à les attaquer. Ils me montraient aussi les étoiles et me disaient, à leur sujet, des choses au-dessus de mon entendement ; en tout cas je fus convaincu qu'ils s'entretenaient avec elles plus matériellement que par une transmission de pensée. Ces hommes ne s'impatientaient pas de mon incompréhension. Ils m'aimaient tel que j'étais, mais je sentais qu'eux, non plus, ne me comprendraient jamais, et c'est pour cela que je leur parlais le moins possible de notre terre.

Je me demandais parfois comment des hommes si supérieurs à moi n'arrivaient pas à m'humilier par leur perfection, comment, à un mauvais être comme moi, ils n'inspiraient aucune jalousie. Et pourquoi, me disais-je, moi, le verbeux et le vantard, n'ai-je point l'idée de les étonner en leur révélant mon genre de savoir, dont ils n'ont pas la moindre idée ?

Ils étaient vifs et gais comme des enfants. Ils se promenaient dans leurs belles forêts, dans leurs douces clairières, en chantant leurs belles et douces chansons ; leur nourriture ne consistait qu'en fruits de leurs arbres, en miel des bois et en lait de leurs amis les animaux. Ils n'avaient que peu à faire pour se procurer des aliments et des vêtements. Ils connaissaient l'amour matériel, car des enfants naissaient chez eux, mais jamais je ne les ai vus tourmentés de ce féroce désir de volupté qui torture les pauvres hommes de notre globe, et qui est la source de tous nos péchés. Ils étaient heureux de voir naître des enfants qui seraient pour eux de nouveaux compagnons appelés à partager leur félicité.

Entre eux, jamais de disputes ni de jalousie ; ils ne comprenaient même pas ce que ce dernier mot voulait dire. Leurs enfants appartenaient à tous, car ils n'étaient tous qu'une seule et même famille.

Il n'y avait pour ainsi dire pas de maladies chez eux, bien qu'ils connussent la mort ; mais leurs vieillards mouraient doucement, comme en s'endormant, entourés d'amis qui leur disaient adieu, sans tristesse, avec de doux sourires, au contraire. Douleur et larmes étaient des termes ignorés. On ne constatait partout que de l'amour, de l'amour qui ressemblait à de l'extase.

Ils s'entretenaient certainement avec leurs défunts. Les relations entre gens qui s'étaient aimés n'étaient pas interrompues par la mort. Je remarquai qu'ils ne comprenaient pas très clairement quand je leur parlais de vie éternelle. Peut-être y croyaient-ils si fermement que toute conversation ce sujet leur paraissait oiseuse et superflue.

Ils n'avaient pas de religion, mais ils étaient évidemment bien certains que lorsque la joie terrestre serait arrivée à son summum, un changement surviendrait qui rendrait plus complète l'union des hommes avec le Grand Tout, âme de l'Univers. Ils attendaient ce moment avec joie, mais sans hâte ; on eût dit qu'ils jouissaient déjà du pressentiment qu'ils en portaient dans leurs cœurs.

Aux heures vespérales, avant d'aller dormir, ils aimaient à former des chœurs harmonieux.

Ils chantaient alors tout ce qu'ils avaient ressenti dans la journée à laquelle ils disaient adieu. Ils louaient la nature, la terre, la mer, les forêts. Ils aimaient à composer des chansons les uns sur les autres ; elles étaient toujours affectueuses et douces et allaient au cœur. Ce n'était pas seulement en musique qu'ils exprimaient leur tendresse mutuelle : toute leur vie était la preuve de l'amitié qu'ils se portaient les uns aux autres. Ils avaient aussi d'autres chants majestueux et splendides, mais tout en en comprenant les mots, je n'en saisissais pas le sens. Toutefois, si mon esprit ne pouvait s'élever jusqu'à l'intelligence de leur beauté, mon cœur semblait se pénétrer profondément de leur splendeur suave.

Souvent je leur disais que depuis longtemps j'avais pressenti leur état de félicité, que là-bas, sur la terre, le contraste entre leur vie délicieuse devinée et le sort qui était nôtre m'avait maintes fois rempli l'âme de tristesse ; que dans mon inimitié pour les hommes de mon globe il entrait aussi tant de tristesse ! Quel supplice : vouloir les haïr et ne pouvoir s'empêcher de les aimer sans toutefois arriver à leur pardonner !

Ils ne pouvaient entrer dans un pareil sentiment, mais que m'importait ! Je les aimais sans leur demander de partager mes rancœurs.

Où ils rirent, c'est quand je leur racontai mes songes. Ils me dirent qu'on ne voyait pas de semblables choses en rêve ; que, sans le savoir, innocemment, j'avais inventé tout cela, que je m'abusais moi-même, que tous les détails je les avais, dans un délire, fabriqués de toutes pièces. Quand je leur dis que c'était peut-être en réalité, mon Dieu ! comme ils m'ont ri au nez ! Et comment puis-je ne pas croire que tout cela était ? Peut-être cela était-il mille fois mieux, plus joyeux que je le raconte. Que cela soit un rêve, mais je vous dirai un secret : tout cela n'est peut-être pas un rêve ? Car, ici, il est arrivé quelque chose vrai jusqu'à telle horreur qu'on ne pourrait le voir en rêve. Jugez vous-mêmes. Jusqu'à présent je l'ai caché, mais maintenant je raconterai cette vérité : le plus terrible, c'est qu'ils réfléchirent trop à tout cela, c'est moi qui, par mes récits, les ai corrompus. Oui, hélas je les ai corrompus !

V

Oui, c'est moi qui fus la cause de leur chute : je fus le ferment mauvais qui contamina une multitude d'êtres. Je fus pareil à une trichine immonde, à un germe de peste. Je corrompis cette terre innocente, si heureuse avant mon arrivée.

Les hommes de la belle terre de l'amour apprirent à mentir et se complurent dans leurs mensonges. Ils leur trouvèrent de la beauté. Ils introduisirent le mensonge dans l'amour, et bientôt, dans leurs cœurs, naquit la sensualité, qui engendra la jalousie, qui fut mère de la férocité…
Oh ! je ne me souviens pas quand au juste, mais très peu de temps après qu'ils eurent pris goût au mensonge, le premier sang criminellement versé coula. Ils s'étonnèrent, s'effrayèrent et prirent l'habitude de vivre à l'écart les uns des autres. De petits groupes d'alliés se formèrent, mais pour menacer d'autres groupes. Les haines éclatèrent.

Vint au monde l'idée de l'honneur, et chaque groupe d'alliés arbora son étendard. Les hommes commencèrent à maltraiter les animaux, qui se réfugièrent loin d'eux, dans les forêts, et devinrent leurs ennemis. Des langues différentes naquirent. Une lutte terrible commença. Ils connurent la douleur, ces hommes, en eurent une malsaine appétence et érigèrent en principe que la vérité ne se révèle que par la douleur. Alors apparut chez eux la Science.

Quand ils furent devenus méchants, ils commencèrent à parler de fraternité et de désintéressement et saisirent les idées représentées par ces mots. Quand ils devinrent coupables, ils inventèrent la justice, rédigèrent des codes, construisirent des machines destinées à l'exécution des condamnés à mort.

Ils ne se rappelèrent plus que vaguement ce qu'ils avaient été, ce qu'ils avaient perdu et même ils n'osèrent pas croire qu'ils eussent été réellement innocents et heureux. Ils se moquèrent même de ceux qui admettaient la possibilité de ce bonheur passé, qu'ils affectaient d'appeler un rêve. Mais ce qui est le plus étrange, c'est qu'après avoir perdu toute foi en cette félicite disparue, ils eurent un désir si violent de redevenir innocents et heureux qu'ils divinisèrent ce désir, lui élevèrent des temples, lui adressèrent des prières, tout en le considérant comme irréalisable, mais en se prosternant devant lui, tout en larmes. — Il est sûr, toutefois, que si on leur avait montré cette vie à présent rêvée, ils n'en auraient plus voulu. Quand je leur en parlais, ils me répondaient : « Oui, nous sommes méchants, menteurs et injustes ; nous le savons, et c'est pour cela que nous nous châtions nous-mêmes plus durement que ne le fera plus tard le Juge magnanime qui décidera de nos sorts et dont nous ne savons pas le nom. Mais nous avons la Science. Par elle nous retrouverons la Vérité, que nous accepterons, cette fois, consciemment. Le savoir est au-dessus du sentiment, la compréhension de la vie est plus précieuse que la vie. La science nous donnera la sagesse, et la sagesse nous révélera les lois du bonheur. »

Telles étaient leurs paroles, et pourtant chacun d'eux ne cessa pas de se préférer à l'humanité entière, sans pouvoir faire autrement. Chacun devint si jaloux de l'importance de sa propre personnalité qu'il faisait tout au monde pour diminuer la personnalité des autres. Le servage naquit, même le servage volontaire. Les faibles obéissaient de leur plein gré aux forts, à condition que ces derniers les aidassent à en asservir de plus faibles qu'eux. Des justes apparurent, qui vinrent en pleurant trouver leurs frères et leur reprochèrent leur déchéance. On riait d'eux ou on les lapidait. Le sang coulait aux portes des temples. En revanche, d'autres hommes surgirent qui cherchèrent un moyen d'amener leurs congénères à vivre en paix tout en admettant que chacun avait le droit de se préférer à tous ceux de son espèce.

De vraies guerres éclatèrent à propos de cette idée, mais chaque combattant était bien convaincu que la science, la sagesse et l'instinct de la conservation forceraient bientôt tous les hommes à reprendre leurs relations pacifiques et paternelles. Pour obtenir ce résultat, ils commencèrent par les faibles d'esprit (et dans cette catégorie se rencontraient naturellement tous les adversaires de leurs idées). Mais le sentiment de la conservation perdit bientôt de sa force, et les orgueilleux et les voluptueux demandèrent tout ou rien. Naturellement, ils en appelèrent à la violence pour triompher. Battus, il leur resta la ressource du suicide. Alors naquirent des religions qui célébraient le culte du Non-Être. Ce fut un acte méritoire que de se donner la mort pour gagner l'éternel repos dans le Néant.
Les hommes chantèrent la Douleur dans leurs poèmes. Je me lamentai sur leur sort, je pleurai sur eux, les aimant peut-être encore plus qu'à l'époque où la douleur n'avait pas mis son empreinte sur leurs visages qu'alors qu'ils étaient innocents et beaux.

J'aimais encore plus leur terre, maintenant qu'elle était profanée par eux, que quand elle était un paradis. Je tendais mes bras vers ces pauvres êtres en m'accusant, en me maudissant d'avoir fait leur malheur. Je leur disais que j'étais la cause de tous leurs maux, la seule cause ; que j'avais été, chez eux, le ferment de vice et de mensonge. Je les suppliais de me mettre à mort, de me crucifier, et je leur montrais comment construire la croix. Je n'avais pas, disais-je, la force de me tuer moi-même, mais j'avais soif de tourments, de supplices ; je voulais être torturé jusqu'au moment où je rendrais l'âme. Mais ils se contentaient de se moquer de moi et, à la fin, ils me prirent pour un idiot. Ils m'excusaient, affirmant que je ne leur avais apporté que ce qu'ils désiraient avoir ; ce qui était maintenant ne pouvait pas ne pas être.

Pourtant, un beau jour, agacés, ils déclarèrent que je devenais dangereux et qu'ils allaient m'enfermer dans une maison de santé si je ne consentais à me taire. Alors la douleur m'envahit avec une telle force que je sentis que j'allais mourir. Et c'est à ce moment que je m'éveillai.

Il pouvait être 6 heures du matin. Je me retrouvai dans le fauteuil. Ma bougie s'était brûlée jusqu'au bout. On dormait chez le capitaine, et le silence régnait dans tout l'appartement. Je sursautai sur mon siège. Jamais je n'avais eu de rêve pareil, avec des détails aussi clairs, aussi minutieux. Tout à coup, j'aperçus mon revolver tout chargé, mais à l'instant même je le jetai loin de moi. Ah, la vie ! la vie ! Je levai les mains et implorai l'éternelle Vérité ; j'en pleurais ! Un enthousiasme fou soulevait tout mon être. Oui ! je voulais vivre et me vouer à la prédication ! Certes, désormais, me dis-je, je prêcherai partout la Vérité, puisque je l'ai vue, vue de mes yeux, vue dans toute sa gloire !

Depuis ce temps-là je ne vis que pour la prédication. J'aime ceux qui rient de moi ; je les aime plus que les autres. On dit que je perds la raison parce que je ne sais comment convaincre mes auditeurs, parce que je cherche par tous les moyens à les toucher et que je n'ai pas encore trouvé ma voie. Sans doute je dois m'égarer bien souvent, mais quelles paroles dire ? Quelles actions donner en exemple ? Et qui ne s'égare pas ? Et pourtant tous les hommes, depuis le sage jusqu'au dernier des brigands, tous veulent la même chose, qu'ils cherchent par des moyens divers… Et je ne puis m'égarer bien loin, puisque j'ai vu la Vérité, puisque je sais que tous les hommes peuvent être beaux et heureux sans cesser de vivre sur la terre. Je ne veux pas, je ne peux pas croire que le mal soit l'état normal de l'homme. Comment pourrais-je croire une chose semblable ? J'ai vu la Vérité et son image vivante. Je l'ai vue si belle et si simple que je n'admets pas qu'il soit impossible de la voir chez les hommes de notre terre. Ce que je sais me rend vaillant, fort, dispos, infatigable. J'irai de l'avant, quand même ma mission devrait durer mille années. Si je m'égare encore, la belle lumière du Vrai me remettra dans mon chemin.

Au début, j'avais voulu cacher aux habitants de l'autre terre que j'étais l'agent de corruption. Mais la Vérité me murmura tout bas que j'étais en faute, que je mentais, et me montra la route à suivre, la route droite.

C'est bien difficile de réorganiser le paradis sur notre terre. D'abord, depuis mon songe, j'ai oublié tous les mots qui pouvaient le mieux exprimer mes idées. Tant pis ! Je parlerai comme je pourrai, sans me lasser, car j'ai vu si je ne sais décrire.

Et les moqueurs peuvent rire encore et dire comme ils l'ont déjà fait : « C'est un songe qu'il raconte et il ne sait même pas le raconter ! » Soit, c'est un songe ! Mais qu'est-ce qui n'est pas songe ? Mon rêve ne se réalisera pas de mon vivant ? Qu'importe ! Je prêcherai tout de même.

Et la réalisation en serait si simple ! Ce serait l'affaire d'un jour, d'une heure !

Qu'est-ce qu'il faut pour cela ? Que chacun aime les autres comme soi-même. Après cela, il n'y a plus rien à dire. C'est compréhensible pour tout le monde, et tout le bonheur découlera de là.

Ah ! voilà ! C'est une trop vieille vérité répétée des billions de fois et qui pourtant ne s'est enracinée nulle part. Il faut la répéter encore.

« La compréhension même de la vie, dites-vous, est plus intéressante que la vie elle-même. La science de ce qui peut donner le bonheur est plus précieuse que la possession du bonheur ! »
Voilà les erreurs qu'il faut combattre et je les combattrai. Si tous voulaient sincèrement le bonheur, le bonheur serait, et immédiatement.

Et la petite fille ? — Je l'ai retrouvée.

Made in the USA
Monee, IL
11 November 2026

68341144R00018